언니와 나

Illustrated Essay

언니와 나

윤상은 그림에세이

토토북

차 례

chapter 1

따사로운 햇살 아래

chapter 2

그때 그 시절, 추억 놀이

chapter 3

따로 또 같이

chapter 4

밤하늘의 별을 바라보며

chapter 5

추운 겨울이 와도 쓸쓸하지 않은 건

chapter 6

아무 말 하지 않아도

순수했던 어린 날, 그때 우리는

언니, 우리 언제 일어나?

그림의 시작

설이 다가오는 겨울날에 '언니와 나'를 처음 그렸어요.
어릴 적 한복을 입고 세배하던 모습이 생각나
책상에 앉아 그림을 끄적였지요.
포갠 손을 이마에 대고 수그린 몸을 언제 일으켜야 하는지
언니를 보며 따라 했던 기억이 나요.
언니가 좋아서 언니를 잘 따랐던 나.
그 추억들을 담고 싶어 그날부터 조금씩 그림을 그리기 시작했어요.

이야기의 시작

언니 옆에 앉아 나누는 대화는 마음을 편안하게 해요.
친구에게 할 수 없는 이야기를 언니에게는 할 수 있거든요.
나에게 언니라는 단어는
떠올리기만 해도 의지가 되고 위로가 돼요.
그런 언니와 함께 했던 색색의 예쁜 추억들을
그림에 담아 이야기하고 싶어요.

안녕, 소녀의 분홍빛 볼을 닮은 진달래야.
안녕, 아기별처럼 반짝이는 개나리와
새하얀 마음을 지닌 벚꽃아.

chapter. 1

따사로운 햇살 아래

봄이 깨어난 날

봄의 시작을 알리며
싹이 돋아나요.

안녕!

새로 만나게 될 친구는 누굴지 …
담임 선생님은 인자한 분이면 좋겠는데 …

학년이 올라갈 때마다 시작되는 봄은
우리에게는 설렘으로 가득한 날이었어요.

꽃에 대한 마음

길가에 핀 꽃과 풀잎에게 인사를 건네던 때가 있었어요.
그런 내 모습이 유치한 듯
무심히 바라보던 언니는 그때 사춘기를 지나고 있었지요.
훗날 나도 언니와 같은 시기를 겪으면서
계절을 확인하는 정도로만 꽃을 바라보았어요.

꽃을 좋아했던 마음이 그대로 메말라 버린 줄 알았는데…
30대, 40대가 되면서 다시 활짝 핀 꽃에
시선이 머물게 되는 우리를 발견합니다.

꽃잎을 잡으면

언니와 함께 벚나무 아래를 지날 때
친구의 말이 떠올랐어요.

"떨어지는 꽃잎을 잡으면 소원이 이루어진대."

내 작은 손을 위로 뻗어보지만
꽃잎은 자꾸 손가락 사이로 빠져나갔어요.

나를 대신해 꽃잎을 잡아주던 언니의 손.
그날 난 소원을 빌 수 있었어요.

벚꽃 길 따라

살랑이는 바람에 꽃비가 내리는 길.
언니와 내가 웃으며 다녔던 그 길.

쫑이비해Sang

봄의 왈츠

새들의 노랫소리가 들릴 때
꽃잎은 바람에 몸을 실어 춤을 춥니다.
무도회에 온 듯 흩날리는 꽃잎을 따라
우리도

살랑살랑

동화 속 공주님이 된 듯 즐거웠던
우리만의 벚꽃 무도회.

벚나무 아래를 지날 때면
그때의 감성이 춤을 춥니다.

바람에 실린 봄의 향기

꽃 향,
풀 향,
바람에 담겨오던
우리 동네 봄 향기.

봄맞이 대청소

겨울바람이 물러가면
우리 가족은 봄맞이 대청소를 시작했어요.
겨우내 쌓인 묵은 먼지를 털어내고
집 안에 들여놨던 화분은 볕이 잘 드는 마당으로 옮겼어요.
두꺼운 옷과 이불은 상자에 넣어두고
화사한 옷들을 꺼내 옷장에도 봄을 채웠습니다.

쓸고, 닦고, 옮긴 봄맞이 대청소.
겨울이던 우리 집이 봄으로 바뀌는 날이었지요.

무럭무럭 자라

화단에 씨를 심고 우린 매일 관찰했어요.
씨앗은 금세 어린 싹을 틔우고,
무성한 잎 사이로 꽃을 피웠지요.

무럭무럭 잘 자란 나무는 우리 집 기쁨이 되었고
우리도 해가 다르게 커가면서
어느덧 어른이 되었습니다.

햇살의 자장가

언니는 나무 그늘 밑에 앉아 있는 걸 좋아했어요.
나도 언니를 따라 옆에 앉았지요.
따스한 햇살과 살랑이는 바람을 느끼며
느리게 움직이는 구름을 바라보고 있으니
나른함이 몰려왔어요.
나도 모르게

스르륵…

잠이 들어버렸네요.

민들레 꽃씨는 바람을 타고

해를 닮은 민들레가 별처럼 하얗게 반짝이면
어디론가 떠날 준비를 해요.

후~

바람을 타고 도착한 그곳에서
싹을 틔우고, 마침내 또 새로운 꽃을 피웁니다.

희망을 품고 흩어졌던 우리의 꿈도
언젠가는 다시 피어나길…

꽃씨에 바람을 담아 날려봅니다.

비 갠 후

비가 그친 후,
하늘을 수놓은 일곱 빛깔은
어린 우리의 마음을 설레게 했어요.

"무지개 떴다!"
"어디, 어디?"

보물을 발견한 것처럼 들뜬 기분에
'예쁘다, 아름답다, 크다'와 같은 말을 쏟아냈지요.

무지개를 발견하는 것은 언제나 기분 좋은 일이에요.
그럴 때마다 언니가 생각납니다.
지금 함께 무지개를 볼 수 있다면 좋을 텐데…
난 사진을 찍어 연락을 해요.

"언니, 오늘 우리 동네에 무지개가 떴어."

오후의 햇살

아옹다옹하는 두 자매로 인해
우리 집은 항상 시끄러웠어요.
그러다 조용해질 때가 있었지요.
창문 사이로 들어온 햇살과
볼에 스치는 부드러운 바람이
우리를 잠들게 했거든요.

곧 깨어나겠지만
잠깐 찾아온 평화는
우리 부모님의 소소한 쉼이었어요.

구름 모양

구름은 다양한 모습을 가지고 있어요.
깡충깡충 뛰어다니는 토끼 모습을 하다가도
바람에 휩쓸려 몽실몽실한 양으로 바뀌고,
커다란 고래 모습으로 헤엄치다
하늘을 비행하는 독수리로 변해 있지요.

구름은 흔적 없이 사라지기도 해요.
집 밖을 나설 때 본 하늘은 분명
구름으로 가득 차 있었는데
집으로 돌아왔을 땐 텅 비어 있지요.

"구름도 집으로 돌아간 걸까?"

우린 바람 따라 변하는 구름을 관찰하며
오랫동안 이야기를 나눴어요.

할머니 댁 감나무

가을이 무르익어 갈 때
할머니 댁 감나무엔 주황빛 열매가 열렸어요.
우린 커다란 바구니를 챙겨
감나무 아래에서 떨어질 감을 기다렸지요.

아빠가 장대로 가지를 흔들면 잘 익은 감이

툭. 툭.

가장 맛있어 보이는 감 하나를 깎아
언니 한 입, 나 한 입.
입 안 가득 퍼지던 달콤한 가을 향기.

그때 그 감 맛은 지금도 잊히지 않습니다.

밤송이

새벽 적막을 깨고
집 뒤편에 심어놓은 밤나무에서
열매가 떨어지기 시작했어요.

투둑 …
　　　투둑 …

우린 새벽녘에 들려오던 소리를 찾아
가을의 추억을 한 아름 안고 집으로 돌아왔지요.

참새! 짹짹!

병아리! 삐악삐악!

강아지! 멍멍!

고양이! 야옹야옹!

chapter. 2

그때 그 시절, 추억 놀이

슈퍼히어로

세일러문, 웨딩피치, 마법 소녀 리나 등 히어로 만화가 인기였던 시절.
우린 만화 속 주인공을 자주 흉내 내곤 했어요.
오글거리는 대사와 눈이 시리도록 화려한 의상이
그땐 왜 그리 예뻐 보이던지…
옷장에서 찾은 엄마의 스카프와 아빠의 선글라스,
할머니의 브로치로 의상을 꾸몄지요.

한창 영웅 놀이에 빠져있을 때,

"요것들, 또 여시 짓* 하네!"

할머니의 호통에 걸쳤던 물건들을 모두 제자리로 돌려놓았어요.
히어로가 모든 임무를 마치고 일상으로 돌아가듯
우리도 평범한 아이로 돌아가야 했지요.

* 여시 짓 : '여우'의 방언. 경상도 사투리

병아리 기차

"참새! 짹짹!"
"병아리! 삐악삐악!"

가끔 공원에서 아이들이 선생님을 따라 걸어가는 모습을 보면
내 입가엔 미소가 번집니다.

잠시 추억에 잠겨 아이들을 따라 작은 소리로 말해보아요.

참새!
짹짹!

작은 수영장

가만히 있어도 땀이 줄줄 흐르는 여름날.
엄마는 빨간 고무대야를 꺼내
우리만을 위한 작은 수영장을 만들어 주셨어요.
일반 수영장에 비해 훨씬 좁고 얕았지만
타인을 신경 쓰지 않고 놀 수 있는 게 장점이었지요.

오전에 시작한 물놀이는 오후가 돼서야 끝났어요.
엄마는 대야에 담긴 물로 젖은 옷들을 빨고, 볕이 잘 드는 곳에 말렸어요.
우린 평상에 앉아 수박으로 허기진 배를 달랬지요.

물놀이 후 느꼈던 그 평온함이
참 행복했어요.

물총 싸움

여름에 우리가 자주 했던 물총 싸움.
물을 한가득 통에 담아 서로를 향해 쏘아댔지요.
사방팔방으로 뻗어간 물줄기는
볼, 어깨, 머리에 빗물처럼 번졌어요.

치열했던 싸움으로 마당 곳곳은 물바다가 됐고
이를 발견하고 혼내실 엄마를 생각하니
그제야 걱정이 몰려왔지요.

에~ 휴…

방울방울

후~

여러 개의 비눗방울이 바람을 따라 이리저리 떠돕니다.

누가 더 큰 방울을 만들 수 있을까?
한번 내뱉는 숨에 얼마나 많은 비눗방울이 생겨날까?
어떤 방울이 오랫동안 공중에 떠다닐까?

우린 그렇게 한참을
비눗방울에 둘러싸여 시간을 보냈어요.

점프 점프

방방, 퐁퐁, 봉봉 등 동네마다 부르는 이름이 달랐던 트램펄린은
아이들에게 인기 있는 놀이 기구였어요.

높고 빠르게 뛰어오르는 것이 무서웠던 난
직접 뛰기보단 구석 자리에 앉아
친구들을 구경하는 게 더 좋았어요.

"시간 얼마 안 남았어. 진짜 안 뛸 거야?"

보다 못한 언니가 내 손을 잡고 중앙으로 이끌었어요.
어정쩡한 표정과 몸짓으로 몇 번 뛰다 금방 내려왔는데
언니의 손을 잡고 뛰니
다음에 또 할 수 있겠다는 용기가 생겼지요.

땅따먹기

우리 동네 공원에는 사방치기 판이 그려져 있어요.
그 옆을 지나던 부모들은 아이들에게 규칙을 설명해 주고,
연인들은 반가운 추억 놀이에 즐거워하지요.
나도 그곳을 지날 때마다 옛 추억이 아련하게 떠올라요.

바닥에 분필로 선을 긋고
그 위를 콩콩 뛰어다니던 사방치기는
'땅따먹기'라는 이름이 더 익숙한 놀이였어요.
'금을 밟았네, 안 밟았네'로 실랑이를 벌이고,
깨금발로 기우뚱하는 모습에 웃음이 터지기도 했지요.
놀이가 끝난 뒤에는 꼭 물을 뿌려 흔적을 지웠어요.

흔적이 사라지듯 잊힌 추억인 줄 알았는데
어른이 된 우리가 아이들과 놀이를 공유하면서
자연스레 다시 새로운 추억을 그리게 되네요.

고무줄놀이

처음 고무줄놀이를 접했을 때
발은 어떻게 움직이고, 어디서 뱅글 돌아야 하는지,
어떤 노래가 있는지를
언니에게 배웠어요.
주로 동요나 만화 주제곡을 불렀고,
'인도 사이다'처럼 엉뚱한 노래도 있었지요.

고무줄의 높이가 높아질수록
언니와의 키 차이 때문에 승부는 애매해졌어요.
언니가 잡을 땐 높고, 내가 잡을 땐 낮아져
발목에서 가슴 단계까지 올라가다
마지막 단계는 가지도 못하고 흐지부지 끝나버렸거든요.

그런데도 고무줄놀이가 즐거운 추억으로 기억되는 건
현란한 발동작을 지켜보는 재미와
입가에 맴도는 노래가 즐겁기 때문이 아닐까요?

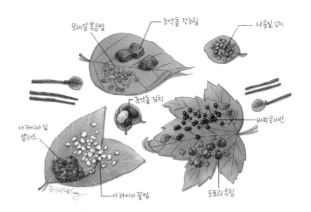

모과알 볶음밥　　조약돌 장조림　　나뭇잎 김치

조약돌 김치

아카시아 잎
샐러드

버찌 콩자반

솔이 145mg

아카시아 꽃밥　　도토리 우청

소꿉놀이

손으로 만드는 걸 좋아했던 우리는
산이나 들로 소풍을 가면
풀, 나뭇잎, 꽃을 따다 소꿉놀이를 했어요.
식물마다 역할을 정하고 그것에 맞게 음식을 만들었지요.

찧고 빻으면서 손에 진한 풀 향기가 배어 갈 때쯤
정성 들여 만든 밥상이 완성되었어요.

언니 한 입, 나 한 입.

우린 사이좋게 나눠 먹었지요.

무궁화꽃이 피었습니다

술래가 "무궁화꽃이 피었습니다!"를 외치고 뒤를 돌아보는 순간.
모든 움직임을 멈추고 가만히 서 있으면 되는데

흡!

왜 나도 모르게 숨까지 멈추게 되는 걸까요?

하늘 높이

그네를 발견하면 누가 먼저랄 것도 없이 달려가 앉았어요.
발을 구르고 앞뒤로 몸을 기울여 힘차게 움직였지요.

높이 뛰지 못하는 내 모습에
언니는 타고 있던 그네에서 내려와 나를 밀어주곤 했어요.
그렇게 밀기를 몇 번.

"언니, 이제 그만 밀어줘도 돼."

언니는 밀기를 멈추고 다시 그네에 올랐어요.

두 그네가 왔다 갔다.

놀이터 빈 그네에 앉아 그때를 회상하면
우리들의 해맑던 웃음이 들리는 듯해요.

훌라후프 대결

동네에 모여 훌라후프 돌리기 시합을 한 적이 있어요.
언니, 오빠들을 제치고 내가 1등을 했지요.
달리기, 제기차기, 멀리뛰기 등 한 번도 이겨본 적이 없는데
그날 훌라후프 대결은 어린 내게 잊을 수 없는
승리의 기쁨을 안겨 주었어요.

가을 잠자리

탐스럽게 익어가는 벼 사이로

포르르~

날갯짓하는 잠자리.
아빠가 만들어 준 잠자리채를 들고

휙 휙

잡힐 듯 잡히지 않는 잠자리는
우리를 약 올리듯 요리조리 잘도 피합니다.
오늘은 꼭 잡고 말겠다며 쉼 없이 쫓아다니지만
얄미운 잠자리는 하늘 높이 날아가 버렸지요.

담벼락 스케치북

담벼락을 도화지 삼아 그림을 그렸어요.
흰 분필로 좋아하는 것들을 스케치한 뒤
노랑, 파랑, 분홍으로 색을 채웠지요.
양손은 어느새 분칠로 얼룩덜룩.

"얘들아, 저녁 먹자."

엄마의 부름에 우리는
바닥에 흩어진 분필을 후다닥 정리하고
집에 들어가기 전,
그림을 한 번 더 눈에 담았어요.

하루, 이틀 지나
담벼락 그림은 바람과 빗물에 사라졌지만
그때의 추억은 우리의 기억 속에 남아 있습니다.

실뜨기

무명실의 끝을 묶어 손에 걸고 하는 실뜨기는
엄마가 우리에게 가르쳐 준 놀이예요.
처음엔 서툴러 금세 실이 엉켜버렸지만
조금씩 방법을 터득하면서 꽤 오래 주고받을 수 있었어요.

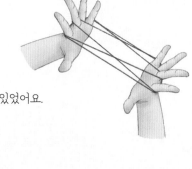

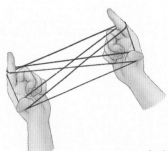

놀고 난 뒤엔 다음에 또 쓰겠다며 실을 돌돌 말아 보관했는데
사라져 버리는 경우가 많았지요.
그래서 실뜨기를 할 때마다 매번 새 무명실을 잘라야 했어요.

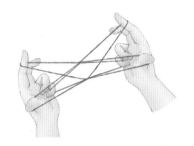

도대체 그 많던 실은 다 어디로 사라진 건지
지금도 풀리지 않는 의문으로 남아 있답니다.

종이비행기Sang

종이 인형

그림을 따라 정성스럽게 가위질을 해요.
구불구불한 선, 파인 홈도 꼼꼼하게.
까다로운 부분이 있다면 언니에게 도움을 청합니다.
옷에 달린 토끼 귀는 절~대 자르면 안 돼요!!
실수로 잘랐다면 당황하지 않고 테이프로 응급조치를 합니다.

종이비행 Sany

그렇게 자른 종이 옷의 토끼 귀를 접어
인형 어깨에 걸쳐주지요.

이번엔 또 어떤 옷을 입혀볼까?

하늘 위로

화창한 오후, 우린 집 근처 공터로 나갔어요.
먼저 바람을 확인한 후 연줄을 잡고 힘차게 달렸어요.
몇 번 시도 끝에 언니 연은 하늘에 오르고
나도 따라서 띄워보지만 내 연은 자꾸 바닥으로 떨어졌어요.
언니는 잡고 있던 얼레를 내게 맡기곤
바닥에 널브러진 연을 일으켜 하늘 위로 띄우기를 몇 번.
드디어 내 연도 바람을 타고 하늘에 올랐어요.

"역시 언니가 최고!"

그렇게 두 연은 언니의 도움을 받아

오르락내리락

사이좋게 하늘 위를 날았지요.

언니 반쪽, 나 반쪽.

이번엔 작은 옥수수 하모니카를 연주했어요.

chapter. 3

따로 또 같이

싸운 날

"언니 미워! 다신 말도 안 할 거야!"

우리는 사이좋게 잘 지내다가도 하루가 멀다 하고 싸우는 자매였어요.
대부분 언니의 심기를 건드려 일어난 싸움이지만
철없던 난 억울하기만 했지요.
부모님께 일러바쳐도

"울면 지는 거야. 너희들 문제는 너희끼리 알아서 해결하렴."

부모님은 알고 계셨어요.
누구의 시작으로 이 싸움이 일어났는지
그리고 오래가지 않을 거라는 것도.

언니를 찾아서

어릴 적엔 언니만 쫓아다녔어요.
슈퍼에 갈 때도,
엄마 심부름을 할 때도,
친구를 만날 때도,
완전 언니 껌딱지였어요.

동생이 귀찮아 언니는 가끔 숨어 버리곤 했어요.
혼자만의 시간이 필요했거든요.
그런 언니의 마음도 모르고
난 이리저리 언니만 찾아다녔지요.

"언니, 어디에 있어? 나랑 같이 놀아."

언니가 그려준 나

언니는 그림 솜씨가 좋았어요. 특히 공주님을 아주 잘 그렸어요.

가끔 나를 그려주겠다고 붓을 들면 난 예쁜 표정을 지으며 언니 앞에 섰어요.

"공주님처럼 그려줘야 해! 알았지?"
"응. 움직이지 마."

나는 부푼 기대를 안고 기다렸어요.

"자! 다 그렸다."

" ...... "

결국 그 끝은 싸움으로 번져 버렸지요.

누가 먼저 올라갈까?

계단 위에서 언니와 '가위바위보'를 하면
십중팔구 언니가 이겼어요.
아마도 동생의 단순한 수가 훤히 보였을 거예요.

"이거 아니야! 다시 해!"
"싫어."
"언니, 내려와. 다시 해!"
"싫어. 내가 이겼으니 네가 올라와."
"으~앙~! 언니, 미워! 다시 해!!"

결국 다시 했어요.
결과는 나의 승리로 끝났지만, 사실 언니가 봐준 거였지요.
그것도 모르고 이겼다며 깐족대는 동생에게
꿀밤 한 대 줬을 법도 한데,
새삼 마음 넓은 언니의 배려에 고마움을 느낍니다.

떡국 먹고 언니 되기

"내가 언니보다 떡국을 더 많이 먹었으니 이제부터 내가 언니야. 앞으로 날 언니라 불러."
"그래, 좋아. 무르기 없기! 이제부터 내가 동생 할게."

웬일로 언니가 내 말에 동의했어요.

"언니! 이거 나 줘. 이거 싫어. 다른 거 줘. 언니! 이거 좀 해줘. 언니! 같이 놀아.
언니라면 동생에게 양보해야지. 언니, 뭐해? 언니? 언니? 언니~!"

쉴 새 없이 나를 부르던 언니.

"잠깐! 으~악! 이게 뭐야? 동생이 뭐 이래? 언니 말도 안 듣고."
"왜? 난 동생이잖아. 난 평소 너의 모습을 따라 한 거라고."
"에잇! 나 언니 안 해. 안 할 거야!"

결국 떡국 먹고 언니 되기 소동은 몇 분 만에 끝나버렸지요.

마지막 인사 _ 닐스의 모험

친구들과 신나게 놀다가도
오후 5시가 되면 집으로 돌아왔어요.
그땐 방송 매체가 다양하지 않아
한번 놓친 만화 영화는 다시 볼 수 없기에
본방 사수를 해야 했지요.

여느 때와 같이 최애하는 만화 '닐스의 모험'을 보기 위해
텔레비전 앞에 앉았어요.
한참을 흥미진진하게 보고 있는데,
갑자기 몸이 작아지더니
모든 것이 거대해 보였어요.
덜컥 겁이 난 나는 언니 품에 폭 안겼지요.

잠시 후, 잔잔한 음악과 함께

"안녕. 잘 가. 모두….."

하는 외침이 들려 슬며시 눈을 떴는데
이럴 수가!!
화면에 엔딩 크레딧이 올라가고 있지 뭐예요.
만화를 보다 깜빡 잠이 들었던 거지요.

정들었던 만화의 마지막을 함께 하지 못한 아쉬움과
나를 깨우지 않은 언니에 대한 서운함으로
한동안 속상했던 기억이 납니다.

새 옷

언니의 옷을 물려받는 것이 익숙했던 어릴 적과 달리
지금은 오히려 내가 언니에게 옷을 줄 때가 종종 있어요.
그런데 그 옷이 언니에게 잘 어울리면 살짝 후회가 되기도 해요.

"다시 보니 옷이 괜찮네…."

그럼 언니는

"내가 입어서 예쁜 거야. 넌 안 어울려!"

딱 잘라 말하지요.

아무것도

"언니, 우리 인형 놀이할래?"
"아니."
"무슨 생각 해?"
"별로…"

언니에게 무슨 일이 있는 걸까요?
한동안 흐린 하늘처럼 울적해진 언니가 낯설었어요.
싸운 일도 없고 내가 잘못한 것도 없는데 왜 그런지 …
도통 모르겠어요.

징검다리 위에서

징검다리를 건널 땐 항상 내가 앞장서 갔어요.
아직 중간도 오지 못하고 우물쭈물 발을 내딛던 언니.
나는 왔던 길로 되돌아가 언니의 손을 잡아 주었지요.
평소에는 언니의 손길이 필요한 동생이었는데
징검다리 위에서만큼은 든든한 동생이 되었어요.

목욕 후 마시는 요구르트

주말, 엄마는 우릴 커다란 목욕 대야에 집어넣었어요.
뜨거운 탕 안에 앉아 엄마의 부름을 기다리던 중
언니가 먼저 목욕을 마치면 내 차례가 왔지요.
조용히 목욕을 끝낸 언니와 달리
빠르게 밀려나는 때가 늘어날수록 아프다며 징징대던 난
결국 엄마에게 등짝을 몇 차례 맞았습니다.

우여곡절 끝에 마무리된 목욕.

뽀얘진 우리 모습에 흡족하신 엄마는 긴 빨대를 꽂은 요구르트를 나눠주셨어요.

뜨거운 열기로 몽롱해진 기분과 피부에 남아 있는 얼얼함이 채 가시기도 전에 마시던 요구르트.

단번에 쭉 빨아 입안 가득 퍼지는 새콤달콤함은

전쟁 같던 시간을 금세 잊어버리게 했어요.

분수대에서 찰칵!

아빠가 신호를 보내면
우리는 분수대 앞으로 달려가 재빨리 포즈를 취했어요.
카메라 앵글에 지나가는 사람이 걸리지 않고
사방으로 튀는 물보라에 옷이 젖지 않기 위해선
신속하게 움직여야 했지요.

며칠 뒤, 인화한 사진엔
어정쩡한 몸짓과 겁먹은 표정이 그대로 담겨 있었어요.
우린 한바탕 웃음을 터트리며 그때를 한 번 더 추억했지요.

작은 동산

언니는 멋진 걸 보여주겠다며 나를 데리고
집 근처 동산으로 향했어요.
향긋한 꽃 냄새와 은은한 풀 향을 맡으며
오르고 또 올라 드디어 도착!
탁 트인 풍경이 우리를 반겼어요.

"야호~!"

마을까지 들릴까 크게 소리도 쳐 보고,
친구 집은 어딘지, 우리 집은 어디쯤 있는지
찾아보았지요.

이마에 맺혔던 땀이 식을 때쯤
멋진 풍경을 보여준 언니에게 고마움을 느끼면서
우린 다시 손을 잡고 동산을 내려왔어요.

옥수수 하모니카

여름철 간식으로 엄마가 쪄 주신 옥수수.
양손에 들고 알갱이를 쏙쏙 빼먹는 재미에
콧노래가 절로 나왔지요.

하모니카를 연주하듯 좌우로 손을 움직이다 보면
금세 옥수수 하나를 뚝딱.
톡톡 터지는 옥수수의 고소함에 또 손이 갔어요.
하지만 한 개를 먹기엔 부담스러워

언니 반쪽.
나 반쪽.

이번에 작은 옥수수 하모니카가 연주되었어요.

우리들의 작은 음악회

띵! 땡! 동! 댕! ～♪♩

어색한 손가락 움직임에
박자는 제멋대로 느려졌다가 빨라지고
음 이탈로 신경이 곤두서요.
이를 듣다 못 한 언니가 시범을 보이면
난 언니를 따라 다시 연주를 시작했어요.

종이에 꾹꾹 눌러 쓴 음계들이 자연스레 떠오르고
손가락 움직임이 유연해질 때쯤
내 실력도 언니만큼 좋아질 수 있겠지요?

방학 숙제

어느새 개학 날이 성큼 다가오면
우리의 손과 마음은 분주해졌어요.
지루하고 어려운 페이지만 남은 탐구생활과
하루 이틀 미루다 한 달 치가 밀려버린 일기,
각종 만들기와 그리기.
어느 것부터 손을 대야 할지 막막하기만 했지요.

'미리 했다면 좋았을걸…'

매번 개학 날이 돼서야 후회하던
우리의 방학 생활이었어요.

언니가 들려준 무서운 이야기가

밤에 자꾸 떠올라 혼자서는 잠을 잘 수가 없었어요.

그런 날은 언니 옆에 꼭 붙어 잠을 청해야만 했지요.

chapter. 4

밤하늘의 별을 바라보며

봉숭아 물

매년 여름마다 엄마는 봉숭아 꽃잎을 따서
두 자매의 작은 손톱에 물들여 주셨어요.
하룻밤 지나고 예뻐질 손을 기대하며
그날은 평소보다 일찍 이불 위에 누웠어요.

손톱이 자라 봉숭아 물이 조금씩 사라질수록
더웠던 날씨는 어느새 쌀쌀해졌어요.
우린 손끝에 남은 봉숭아 물을 지키기 위해
손톱 깎는 일도 미뤄가며 첫눈을 기다렸지요.

봉숭아가 피고,
손톱에 물들이고,
첫눈이 오기까지
봉숭아에 대한 추억은
설렘으로 가득한 시간이었어요.

달빛 아래 우리

조용한 밤. 언니와 속닥이던 시간이 참 좋았어요.
학교에서 만난 친구.
흥미롭게 읽은 책.
친구에게 들었던 말들….
온전히 내 마음을 풀어 놓을 수 있어 편안했지요.
잠시 흐르는 정적도 좋았어요.
서로의 온기를 느낄 수 있으니까요.

가끔 몸과 마음이 지칠 때면 언니가 보고 싶어져요.
다음에 만나면 이야기 나눌 수 있을까요?

"언니, 오늘 무슨 일이 있었냐면…."

별빛 스티커

언니가 특별한 걸 사 왔어요.
밤하늘의 별을 닮은 스티커.
꾹꾹 눌러 천장에 붙이고 방 안의 불을 끄니

반짝반짝

캄캄한 밤이 무서워 눈을 꼭 감았었는데
이젠 환하게 빛나는 별들이 있어
눈을 감지 않아도 무섭지 않을 것 같아요.

무서운 이야기

우리 집 책장에는 친구들 사이에서 유행했던
공포 소설집 두 권이 꽂혀 있었어요.
난 만지기조차 싫었던 그 책을 언니는 좋아했어요.
가끔 책 속의 이야기를 내게 들려주면 호기심에 귀 기울여 듣다가도
밤에 자꾸 떠올라 혼자서는 잠을 잘 수가 없었어요.
그런 날은 언니 옆에 꼭 붙어 잠을 청해야만 했지요.

남산 불꽃놀이

남산에서 불꽃놀이를 한다는 소식이
TV 뉴스를 통해 들려오던 때가 있었어요.
지금과 달리 높은 건물이 많지 않아
동네 어디서든 불꽃을 감상할 수 있었지요.

펑! 펑!

화려한 불꽃놀이에 이웃들도 하나둘 밖으로 나왔어요.
모두가 황홀함에 눈을 떼지 못하던 그 밤.
언니의 손을 잡고 집 앞에서 봤던
그 아름다웠던 밤이 가끔 그립습니다.

달 토끼

"둥근 보름달에는 절구 찧는 토끼가 산대."
"정말?"

지금은 그것이 달그림자로 인해 생긴
상상 속 이야기라는 걸 알지만
어릴 적엔 달 토끼의 존재를 믿을 만큼
참 순진했어요.

별처럼 빛나는 아이

밤하늘에 수놓은 별들은 아름다운 빛으로 반짝였어요.
그 별들을 따라 선을 그려보았지요.

반짝, 언니 얼굴
반짝, 내 얼굴

언젠간
저 별처럼 아름답게 빛나는 우리의 모습을 기대하면서….

작은 별, 반딧불이

시골 할머니 집에서 처음 만난 반딧불이는 신비했어요.
작은 벌레 몸에서 어찌 그리도 영롱한 빛이 반짝이는지
밤하늘 별이 내려온 것 같았지요.

'혹 진짜 별은 아닐까?'

반딧불이 하나를 살포시 손안에 가두어
가볍게 소원을 빌곤 포르르 날려 보냈어요.

어떤 소원을 빌었는지 기억나진 않지만
그때 감성은 아직 내 가슴에 남아 있답니다.

라디오 소리

매일 밤 포근한 이불 위에 누워 라디오를 들었어요.
잔잔한 음악과 다양한 사연을 들으며
웃기도 하고 마음이 먹먹해지기도 했지요.

'다음엔 우리도 한번 사연을 보내볼까?'

생각하다 점점 아득해지는 라디오 소리.
그 소리를 자장가 삼아
우린 편안하고 행복한 잠에 빠져들었어요.

무섭지 않은 밤

모두가 깊이 잠든 밤.
적막함 속에 홀로 깨어있어도 외롭지 않은 건
내 옆에 언니가 있기 때문일 거야.

별똥별

졸린 눈을 비벼가며 밤이 오길 기다렸습니다.
우린 찬 공기를 막아줄 담요를 챙겨
옥상으로 올라갔어요.

칠흑같이 어두운 하늘에 반짝이는 별들 사이로
은빛 선을 그으며 떨어지는 별똥별 하나.
잠시 뒤 또 다른 별이

또
　르
　　르
　　　…

떨어지는 별들을 하염없이 바라보다 문득 떠오른 말.

"별똥별을 보고 소원을 빌면 이루어진대."

우린 조용히 손을 모으고 눈을 감았어요.

그림자놀이

캄캄한 방에 켜진 작은 불빛 앞에서
손을 꼼지락거려
날아가는 새와 울부짖는 늑대,
귀를 세우며 도망가는 토끼를 만들었어요.

밤새 이야기를 나누며
잠들지 않던 우리만의 그림자 극장은

똑똑!

엄마의 노크 소리에 황급히 막을 내렸지요.

눈이 내리는 날.

특별한 친구를 맞이하기 위한 준비를 합니다.

장갑과 모자를 챙겨 밖으로 나온 우린

하얀 눈을 굴리기 시작해요.

chapter. 5

추운 겨울이 와도
쓸쓸하지 않은 건

겨울, 너로 인해

찬 기운을 안고 겨울이 찾아왔어요.
그로 인해 우리는 잊고 있었던
서로의 온기를 찾게 되지요.

"겨울이 머무는 동안 언니 옆에 꼭 붙어 있어야지."

겨울밤

눈이 내리고 찬 바람이 부는 겨울날.
따뜻한 방바닥에 두툼한 이불을 깔고
잠을 청하던 겨울밤이 좋았습니다.

아궁이는 오랫동안 열기를 뿜으며
시린 겨울로부터 우리를
지켜주었어요.
그런데 그 열기가 쉽게 식지 않았던 건
새벽마다 연탄을 갈아주시던
부모님 사랑이 있었기 때문이란 걸
나중에야 알게 되었습니다.

하얀 눈썰매

언니가 끌어주는 썰매는 자동차처럼

슝슝~

내가 끄는 썰매는 거북이처럼

느 릿 느 릿

그래도 재밌다며 좋아해 주던 우리 언니.

코가 빨개지고 얼음처럼 손이 차가워져도
우리의 썰매는 서로를 밀고 당기며
오랫동안 눈 위를 달렸어요.

겨울의 온기

시린 바람이 부는 겨울날.
따뜻한 난로 옆에 앉아
언니가 들려주는 이야기에 귀를 기울여요.

살갗에 맞닿는 난로의 온기와
비누 향 나는 보드라운 담요의 감촉.
수증기를 내뿜는 주전자의 울림은
추위로 웅크렸던 몸을 나른하게 만들었지요.

"언니… 나 졸려…"

첫눈이 왔어

오늘따라 창문 빛이 평소와 다르게 느껴졌어요.
커튼을 열어 밖을 보니 하얀 눈이 내립니다.
첫눈이에요!
들뜬 마음에 난 언니를 흔들어 깨웠어요.

"언니, 빨리 일어나 봐. 밖에 눈 와!"

아침잠이 많은 언니는 시큰둥한 반응이었어요.
올겨울의 첫눈인데…
언니는 반갑지 않은가 봐요.

엄마가 만들어 준 목도리

해마다 커가는 우리 키에 맞추어
엄마는 목도리를 만드셨어요.
긴 뜨개바늘을 교차해서 한 코씩 늘려가는 동안
우린 엄마 곁에 앉아 이야기를 나눴지요.
학교에서 있었던 일,
엄마의 어린 시절,
내가 아기였을 때 언니와의 추억.
어느새 목도리는 흘러간 시간만큼 길어져 있었어요.

엄마의 따스한 손길과 우리의 추억이 깃든 목도리는
세상에서 제일 특별하고 포근했지요.

겨울 친구

눈이 내리는 날.
특별한 친구를 맞이하기 위한 준비를 합니다.
장갑과 모자를 챙겨 밖으로 나온 우린
하얀 눈을 굴리기 시작해요.

이번엔 얼마나 함께 있을 수 있을까…
헤어짐을 알면서도
겨울이면 찾게 되는 친구.
오늘도 새하얀 미소로 우리를 반겨주네요.

집 앞 눈길

대문을 열었을 때
아무도 밟지 않은 눈이
새하얀 솜이불처럼 곱게 펼쳐져 있었어요.

난 눈밭이 흐트러지는 게 아까워
망설이고 있는데,
언니는 나와 다르게 과감히 걸음을 옮겼지요.

앞장서 가는 언니의 발자국을 보며
그제야 나도
언니를 따라 조심히 눈 위를 거닐어 보았어요.

찐 고구마

뜨끈한 아랫목에 앉아 먹었던 찐 고구마.
한 김 식힌 고구마를 손에 쥐고
살살살 보라색 껍질을 벗기자, 노란 속살이 보였어요.
호호 불어 입안으로

쏘~옥!

달콤한 고구마의 맛은
추위로 얼어있던 우리의 몸을 사르륵 녹여주었어요.

함께 걷는 발자국

뽀드득 뽀드득

내 걸음에 맞춰 천천히 걷는 언니.
눈 위에 찍힌 발자국엔 언니의 마음이 묻어 있지요.

겨울 간식, 붕어빵

골목 모퉁이를 지날 때마다 마주쳤던 붕어빵 가게.
코끝을 자극하는 달달한 유혹을 뿌리치고 가기란 쉽지 않았어요.
주머니에서 꼬깃꼬깃한 지폐를 꺼내 한 봉지 샀습니다.

겉은 바삭, 속은 촉촉.

어디서부터 먹을까 고민하다 처음엔 머리부터 베어 물고
다 먹고 난 뒤, 두 번째는 꼬리부터 야금야금 먹어보지요.
어떻게 먹어도 맛나던 붕어빵.

언제 다 먹었는지 금세 드러난 봉지 바닥.
마지막 하나 남은 붕어빵을 반으로 갈라

머리는 언니, 꼬리는 나.

사이좋게 나눠 먹던 우리들의 붕어빵 추억.

눈 덮인 하얀 세상

코끝에 느껴지는 찬 기운과 포근한 이불의 온기로
아침을 맞이하는 우리에게
겨울은 이따금 새하얀 세상을 보여 주었어요.

우린 밖으로 나가
고운 눈가루를 흩뿌리고
이리저리 눈을 밟아 하얀 발자국을 남겼지요.

아침 햇살에 부서지는 눈을 만지며
우리 얼굴엔 하얀 미소가 번져갔어요.

언니 손을 잡고

은백색 얼음판 위에서 그만 중심을 잃고
엉덩방아를 찧었어요.
아픈 엉덩이를 문지르며
그만 타겠다고 울상 짓는 내게
살며시 다가와 손 내밀어 준 언니.
난 든든한 언니의 손을 잡고
다시 용기를 내
얼음 위를 걸었어요.

12월의 약속

부모님 말씀 잘 듣고, 언니와 싸우지 않을게요.
떼쓰며 울지도 않고,
친구들과 사이좋게 지내는 착한 아이가 될게요.
그러니 잊지 말고 우리 집에 꼭 와주세요.

산타의 비밀

유치원 교실의 모든 불이 꺼지고
짜잔! 등장한 산타 할아버지.
차례대로 아이들의 이름을 부르며 선물을 나눠주셨어요.
내가 받은 건 문구점 진열장 앞에서 엄마랑 보았던 미미 인형.
갖고 싶었던 선물을 받아 깜~짝 놀랐던 기억이 납니다.

들뜬 마음으로 집에 돌아와
가족들에게 받은 선물에 관해 이야기했어요.
이미 산타의 진실을 알고 있던 언니도
막내의 동심을 지켜주고 싶은 부모님도
그저 따스한 미소로 내 이야기를 들어주었어요.

산타의 존재는 한동안 나만 모르는 우리 집 비밀이었지요.

성탄 행사

12월 교회는 성탄절 준비로 분주했어요.
우리는 반짝이는 별과 조명으로 무대를 꾸미고
무대에서 선보일 공연을 열심히 연습했지요.

어린 꼬마부터 어른까지
모든 세대가 어울려 풍성한 이야기가 채워지던 그날.

매년 돌아오는 성탄절인데도 새로운 설렘이 가득해
지금도 일 년 중 그날을 가장 좋아합니다.

카드로 전하는 마음

정성 들여 만든 카드에
그동안 하지 못했던
간질간질한 말들을 적어
언니에게 내 마음을 전할래요.

비가 어린나무를 성장시키듯

사랑은 우리를 어른으로

자라게 하지요.

chapter. 6

아무 말 하지 않아도

웃음꽃

가랑잎이 굴러가는 것만 봐도 웃음이 난다는 옛말처럼
어릴 땐 무엇이 그리도 재밌었는지
별일 아닌 일에도 웃음이 참 많았습니다.
하루 종일 웃고 떠드는 우리를 보며

"뭐가 그리 웃기니?"

물으시던 어른들.
이젠 10살, 8살 조카들을 보며 묻게 되는
나의 말이 되어 버렸습니다.

첫사랑의 설렘

첫사랑은 갑자기 내린 소나기처럼 찾아왔어요.
난 그 감정이 어색하고 들킬까 봐 부끄러웠지요.
언니에게조차 말할 수 없었어요.
우리 사이엔 비밀이 없었는데…
그때 처음 비밀이 생겼어요.

비 내리는 날

어릴 적엔 집에만 머무르게 하는 비가 싫었어요.
흐린 날씨로 가라앉은 기분도 마음에 들지 않았지요.
반면 언니는 비 내리는 풍경을 좋아했어요.
난 그런 언니가 이해되지 않았어요.

세월이 흐르면서 입맛이 변하듯 날씨에 대한 취향도 달라졌어요.
이제는 창밖에 내리는 비를 보며 삶에 지쳤던 마음을 위로받아요.

그때 언니도 이런 감정을 느꼈던 걸까요?

7살이라는 나이 차이만큼이나 바라보는 시선이 달랐던 우리.
나이가 익어갈수록 공감되는 부분들이 하나둘씩 늘어
어느덧 언니를 이해하는 나이가 되었어요.

우산 하나

우산을 같이 쓰고 걸어갈 땐
나보다 키가 큰 언니가 우산을 들었어요.
높이 들린 우산 사이로
차가운 빗물이 들어오면
언니는 내 쪽으로 우산을 더 기울였지요.

최대한 밀착해 걸으며 집에 도착한 우리.
언니의 한쪽 어깨가 축축이 젖어 있었어요.

사랑비

비가 어린나무를 성장시키듯
사랑은 우리를 어른으로
자라게 하지요.

가슴 깊이 대한민국

조회 시간마다 애국가가 울리면
국기에 대한 경례를 했어요.
가슴에 손을 얹고 펄럭이는 태극기를 바라볼 때
철없는 어린 마음에도 밀려드는 감동이 있었지요.

내 나라, 내 선조에 대한 감사함은
예나 지금이나 가슴을 뭉클하게 만드는 것 같습니다.

노을 지는 저녁

얼마 놀지 못한 것 같은데 벌써 해는 산 너머로 퇴근합니다.

'힝… 더 놀고 싶은데….'

집으로 돌아가는 발걸음엔 아쉬운 감정들이 묻어 있었지요.

한 해, 두 해 나이가 들면서 아쉬움은 안도의 한숨으로 바뀌었습니다.

'오늘도 수고했어. 잘 버텼다….'

노을 진 하루의 정적은 이젠 나를 위로해 주는 친구입니다.

세 잎 클로버 _ 찾은 행복

행운을 찾고 있는 내게 말을 걸어 온 이웃집 오빠.

"찾기 힘든 네 잎 클로버보다 우리 주변에 많아서
함께 나눌 수 있는 세 잎 클로버의 행복이 난 더 좋더라."

오늘부터 나도 세 잎 클로버를 좋아할 것 같아요.

쉿!

언니에겐 비밀입니다.

생각의 전환

철봉에 거꾸로 매달려 하늘을 보았어요.

금방이라도 풍덩 빠질 듯한 하늘은 깊은 바다.
뭉게뭉게 피어난 구름은 파도 같아요.
거꾸로 떠 있는 집은 바다 위를 운항하는 배.
새는 물고기가 되어 헤엄쳐요.

가끔 세상을 거꾸로 보면
우리만의 세계가 펼쳐졌어요.

키재기

방 안 한쪽 벽에 그려진 작은 선들.
계절이 바뀔 때마다 기록해 둔 우리의 키입니다.

전보다 더 자란 것을 뿌듯해하며
오늘의 날짜를 적었어요.

다음엔 또 얼마나 자라 있을까요?

반가운 가을맞이

문을 열었을 때 느껴지는 선선한 공기.
코끝에 닿는 단풍 향에
우리가 좋아하는 가을이 왔음을 느껴요.

"어서 와, 가을아."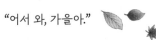

우리에게 온 단풍잎

수줍게 물든 단풍나무 아래에서
언니가 들려주는 이야기에 귀를 기울여요.

한참 이야기가 무르익어 갈 때쯤
바람에 실려 온 단풍잎 하나가 우리 옆에 앉았어요.

"너도 언니가 들려주는 이야기가 궁금했니?"

창밖으로 내리는 눈

담장 너머 들려오던 아이들의 소란과
마실 나온 아주머니들의 웃음소리,
이웃들이 주고받던 인사말은
하얀 눈에 덮여 고요합니다.
천천히 흐르는 시간 속에서
쓸쓸하지만 평온함이 느껴지던 창문 너머의 풍경.
우리는 말없이 창밖에 내리는 눈을 바라보았습니다.

고마워

많은 말을 하지 않아도
항상 따뜻한 눈빛과 손길로
나를 안아주던 우리 언니.

속상한 마음을 털어내면
항상 내 편이 되어
위로해 주던 우리 언니.

언니가 내 언니라서
언니가 내 옆에 있어서
난 참 행복한 동생입니다.

어른이 되고 이제는 각자의 삶이 바빠 예전처럼 얼굴을 자주 보진 못해도
여전히 우린 사이좋은 자매예요.
힘들 때 전화해 위로의 말을 건네고 기쁜 일엔 같이 웃어주는 우리.
밥은 잘 챙겨 먹는지, 아픈 곳은 없는지 안부를 물으며
지금도 변함없이 우애를 쌓아가요.

얼마 전에는 언니가 집에 놀러와 하룻밤 자고 간 날이 있어요.
그동안 하고 싶었던 말이 얼마나 많았는지
쏟아놓은 이야기로 다음날 우린 늦은 아침을 맞이했지요.
어릴 적에도 나란히 이불을 덮고 많은 대화를 주고받았는데…
나이가 들어도 마음을 나누는 시간은 여전히 따뜻합니다.

"언니, 우리 오래오래 행복하자."

언니와 나

© 윤상은, 2023

1판 1쇄 펴낸날 2023년 10월 5일

글과 그림 윤상은
총괄 이정욱 **편집·마케팅** 이지선·이정아 **디자인** 조현자, Design ET
펴낸이 이은영 **펴낸곳** 도트북
등록 2020년 7월 9일(제25100-2020-000043호)
주소 서울시 노원구 동일로 242길 87 상가 2F
전화 02-933-8050 **팩스** 02-933-8052
전자우편 reddot2019@naver.com
블로그 http://blog.naver.com/reddot2019
ISBN 979-11-93191-01-9 03810